KB269478

내려놓으면 편할 텐데

내려놓으면 편할 텐데

박종해 시집

문학세계사

박종해(朴宗海)

1942년 울산 송정동 출생.

농소초등, 경북중, 경북고, 성균관대학교 졸업.

1980년 〈세계의 문학〉으로 등단, 대구동부고등학교 교장 퇴임.

시집『이강산 녹음방초(민음사)』외 13권 출간.

시와 산문선집『고독한 시의 사냥꾼』, 일어 번역시집 『태화강』, 일어영어 번역시집『귀환』출간.

이상화 시인상, 대구시협상, 성호문학대상, 예총예술 문화대상등 수상.

울산문인협회장, 경남문협부회장, 울산예술연합총 회장, 울산북구문화원장, 한국펜클럽이사, 한국문인협 회윤리위원 역임.

한국시인협회원, 대구시인협회원, 창릉문학상 제정.

□ 시인의 말

14번째 시집을 출간한다.

『팔색조의 꿈』 시집을 출간한 지 어느덧 4년이 지났다.

이번 시집의 제6부엔 짧은 행의 시를, 1행에서 10행까지 구분하여 모아 보았다. 자유시에 행을 따른 형식의 시가 무슨 별다른 뜻이 있겠는가마는, 요즈음 시가 너무 장황하게 길게 쓰는 것이 유행처럼 되어, 그 역작용으로 짧은 형식의 시를 써서 시의 정체성을 복원하는데 그 의미를 두었다.

나의 선사 김종길 선생께서 만년에 "해가 많이 짧아졌다"고 시편을 통해 술회하셨는데 그 말씀이 지금 나의 가슴에 와닿는다.

송당문학관에서
박종해

□차례

1부

3부

4부

5부

6부

1부

방하착(放下着)

(장님이 언덕길을 올라가다가 발을 헛디뎌 길 아래
로 떨어졌어요
길 아래에는 평탄한 넓은 길이 있었는데
다행히도 장님은 길가 가로수의 나뭇가지를
두 손으로 움켜잡고 대롱대롱 매달리게 되었어요
그는 죽을힘을 다해 나뭇가지를 붙들고
"사람 살리라"고 고함을 지르고 있었어요
지나가는 사람이 보니까, 장님의 발바닥과 땅바닥의
거리는
겨우 한 자도 채 되지 않았어요
붙들었던 나뭇가지를 놓아버리면 금방 땅에 내려 무
사할 텐데
길 가던 사람들은 이구동성으로
"붙들고 있는 나뭇가지에 두 손을 내려놓으면 살 텐
데요.")

양산통도사 방장스님 기거하시는 집 뜰에는

큰 바윗돌에 〈방하착〉이란 글이 새겨져 있습니다
모든 욕심을 내려놓으면 마음이 평온하리라
득도하신 도사가 우람한 목소리로 욕심에 눈이 먼
나를 깨우쳐 주고 있었지요
〈모든 욕심을 내려놓으면 마음이 편할 텐데〉
오욕칠정에 눈이 멀어 마음이 괴로운 수렁에 빠져 허
우적거릴 때
나는 욕심의 나무를 붙들고 괴로워하는 그 장님을 생
각하고
〈방하착〉 세 글자를 염불처럼 되뇌곤 합니다

* ( ) SNS상의 말 인용

새가 날아간 자리에는

새는 오선지 위에 음표처럼
나뭇가지 위에 앉아
꽁지를 간들거리고 있다.

오선지가 팽팽히 조여들어
퉁기면 날아갈 듯
긴장하고 있다.

어쩌면 하느님의 지시를
기다리고 있는지도 모른다.

그 조그마한 눈을 호동그레 뜨고
여차하면 해코지할지도 모를
음험한 짐승인 나를 경계하고 있다.

새는 눈곱만한 벌레나 씨앗을 먹고 산다.
욕심이 적어서 눈이 맑고 밝다.

그래서 아주 멀리까지 볼 수 있는가 보다.

내가 손을 흔들자
휑하니 푸른 하늘 저쪽으로 날아가 버린다.
가진 것이 없으니까 가볍게 날 수가 있는가 보다.

새가 날아간 자리에는 아무것도 없다.
무소유이니까 남은 것이 없다.

연꽃

고요 속에서 한없이 고요 속으로 들어가면
해탈의 문이 열리고
백팔번뇌와 집착에서 풀려나
오도(悟道)의 미소를 머금고 피어나는 꽃

빛깔도, 소리도, 모양도, 냄새도 없는
마음의 뿌리엔
아수라장 같은 뻘과 뻘이
얽히고설켜 응어리져 있다.

그 마음의 응어리를 실오라기처럼 풀어내어
연꽃은 화엄의 정토 위에 가부좌로 앉아
말없이 웃고 있다.

봄에는 화수회(花樹會)를 연다

아버지가 제 아들을 가장 귀중하게 여기듯
시인은 자기가 지은 시를 가장 귀하게 생각하지
늙어가면 자식들이 보고 싶듯이
나는 나의 시집을 펴 보고 또 펴 본다

내가 자리를 비운 후에도 자손들이 남아서
나의 시를 귀중하게 간직하겠지
나의 손자, 증손자, 현손자, 대대로 이어가면서
나의 시집을 전해 주겠지

나뭇잎이 가장 아름답게 단풍들어 떨어져도
눈보라 치는 겨울을 이겨 낸 나무들은
봄 나라를 온몸으로 맞이하며
다시 나뭇잎이 피고 꽃이 피어나듯

내가 먼 길을 표표히 낙엽처럼 흩날려 간다 해도
나의 시는 나의 자손과 함께 남아서

나를 대신하여 나의 화수에
세세연년 잎과 꽃을 피우리라

메아리 예법

내가 얼굴 없는 선생을 만나 평생에 지침이 될 진리를 터득하게 된 것은 초등학교 2학년 가을, 동대산 도덕골이었지, 동네 형을 따라 온몸에 땀투성이가 되어 천신만고 끝에 오른 산, 그 시원하고 상쾌한 기분이 칠십오 년이 지난 오늘도 생생하게 떠오르네, 다람쥐처럼 산을 타며 머루랑 다래를 따 먹던 어린 시절, 형이 말했지 "이 산에는 사람의 말을 용하게 흉내 내는 산신령이 있단다." "너가 무슨 말이든지 소리쳐 봐라." 나는 친구와 다투고 온지라 "이 나쁜 놈아"하고 소리 질렀다. 그런데 곧 "이 나쁜 놈아"하고 어디서 누군가가 나의 음성 그대로 소리를 지르는 것이 아닌가, 나는 얼떨결에 나쁜 놈이 되고 말았지, 그래서 이번에는 "좋은 사람아"하고 소리 지르니 이내 "좋은 사람아"하고 나의 말이 되돌아왔지, 나는 다시 좋은 사람이 되었지. 그것이 산울림이란 것을 집에 와서 누나에게서 들어 알았지만, 세상을 살아가면서 "내가 남을 욕하면 남도 나를 욕하고, 내가 남을 칭송하면 남도 나를 칭송한다."라는 사실을 깨

닫게 해준 산울림, 나는 이것을 「메아리 예법」이라 이름
지어 좌우명으로 삼고 있지.

티브이를 보면 우리가 뽑은 말(言語) 선수들이 서로
욕하고, 헐뜯고, 막말하고, 상처 주며 야단법석이다. 그
들도 등산하고 산울림도 해보았을 텐데, 아니 그들은
「메아리 예법」을 모를 테지. 어느새 그것들은 자기도 모
르게 개가 되어 버렸으니까.

세상의 안과 밖

거울 밖에 있는 내가 거울 안쪽을 복사한다
거울 속에 들어가 있는 나는 그 안쪽에서만 생활하고
밖에 있는 나는 밖에서만 사는데 길들어져 있는데
그 속을 탐색할 때마다 거울 속의 그는 나를 닮아서
자꾸만 낡아져 가고, 요즈음은 아주 낡아서 주름살투
성이의
얼굴이 나를 맥없이 쳐다보고 있지 않는가
거울 속엔 세월이 정지되어 있지만, 실은 거울문을
열고
들어가면, 거기 홍안의 소년이 눈부신 햇살 속에 모
습을
드러내고 진초록빛 나뭇잎새에 싸여 싱싱하게
빛나고 있지 않는가. 그는 그 속에 들어박혀 있어서
누구도 꺼낼 수가 없다. 거울 밖의 세상은 시시각각
변해서 어느새 빛바랜 몰골이 낯선 풍경 속으로
나를 떠밀고 가고 있다.
다시 돌아와 거울 속을 복사하려 해도 그것은 그전에

내가 보던 거울이 아니다. 거울 문을 열고 들어가 보면
나의 애잔하고 부조리한 내력이 또아리 치고 있어,
후회와 자책이 실실이 풀려나와 회한에 젖는다.
그 안쪽의 사연들을 복사하여 세상 밖으로 전송하려
해도
이미 나는 기진맥진하여 구름처럼 소멸하고 만다.

마음의 다리

사람과 사람 사이에는 보이지 않는 다리가 있다.
그 다리를 건너고 건너오면서 마음이 움직인다.
그리운 그에게로 가는 다리는
미동도 하지 않는 견고한 다리이다.
만나도 그만, 만나지 않아도 그만인 사람에게로
가는 다리는 미풍에도 흔들리는 불안한 다리이다.
이미 나에게로 등을 돌린 사람에게로 가는 다리는
군데군데 끊어져 이제는 내왕이 없다.
그러나 불안한 다리나 끊어진 다리는
나의 마음을 움직여 고칠 수는 있지만
먼 먼 길로 이어진 은하의 다리는 속수무책이다.
나에게서 멀리멀리 떠나버린 사람들은 은하의 다리
를 건너
밤이면 나의 꿈자리를 찾아온다.
속수무책인 그 다리는 무지개처럼 선연히 보이지는
않지만,
나의 마음속에만 하늘에 닿아있다.

팽이의 생애

실패는 마지막 내 생의 보루였다.
더 잃을 것도 없기 때문이다.
무너지는 것은 아름다운 것이다.
더 넘어질 것도 없기 때문이다.
좌절하고 또 좌절하고
밤잠을 설치면서 괴로워하고
무너져서 주저앉아 일어서려고 안간힘 쓰는 것이다.
그 쓰라린 비애를 맛본 사람만이
아름다운 생의 쾌감을 아는 것이다.
넘어지면 다시 바로 세워 채찍질하고
또 넘어지면 다시 바로 세워 채찍으로 내려치고
이렇게 완성되는 한 생애
이제는 더 넘어질 것도 더 잃어버릴 것도 없는
나의 등 뒤에는 푸른 강물만 세월처럼 흘러갈 뿐
나는 지금 미완의 길에 서 있다.
꼿꼿하게 서 있는 법을 깨닫고 있다.
누구의 채찍도 바라지 않고
그냥 꼿꼿이 서 있는 법을 깨닫고 있다.

까마귀떼들의 군무(群舞)

헤아릴 수 없는 검은 음표들을 찍으며
소리란 소리를 모두 소진하고 난 뒤
침묵의 재가 하늘을 날아올라
별들을 삼키고 붙박혀 있다.

그것은 장엄한 일몰 뒤에 오는 하늘의 해일
거문고와 가야금과 해금과 퉁소가 어울려
지상의 바람을 휘몰아 가다가
징과 꽹과리가 한바탕 휘젓고 간
텅 빈 마당이다.

하늘을 담아내고 비워내는 검은 음표들이
무량한 음량을 쏟아 놓은 채
삭막한 겨울을 건너가는 검은 소리의 군무

울산 태화강변,
나는 저물어가는 생의 무대 한가운데 서서
물밀듯 밀려오는 어두운 종소리를 듣는다.

까치집

첩첩산중, 구름도 넘지 못해 쉬어가는 곳
하늘에 닿기 위해 발돋움하는 미루나무의 끝머리에
아슬히 집을 짓고 세상을 내려다본다
오색영롱한 꽃씨를 마음속에 심고 기화요초 어우러진
꽃밭에 살던 축제의 시절은 사라졌지만
미움도 갈등도 범접하지 못하는 청정한 바람은
아직도 숲을 감돌아 맑은 휴식을 안겨준다
간교한 뱀도 음흉한 늑대도 기어오를 수 없는
정일한 집에서 나는 진초록빛 전원으로 회귀하는
황금꽃 꿈을 꾼다

이미 어쩔 수 없는 일들이 어쩔 수 없이 엎질러졌다
푸른 바닷물결이 삽시간에 진홍으로 물들어
막강한 쓰나미가 건물과 길과 들판을 휩쓸었다
아름다운 꽃밭이 쑥대밭이 되고, 거리엔 가로수와 전신주가
널브러져 괴괴하고 음산해졌다

그러나 언젠가는
빠알간 꽃무릇, 파아란 수국이 아름답게 피어나는
정원이 다시 꽃씨를 머금은 착한 사람들을 데리고
사람의 길을 열어가리라
나는 하늘에 닿은 조그마한 집에서
까악 까악 하느님의 말씀을 전파하며
하늘의 계시를 기다리고 있다

소멸

한줄기 소낙비가 폭포처럼 내리꽂힌다
소나기는 폭포에 뛰어내리는 시원한 함성이다

아이스크림은 불과 일 분 만에 혀끝을 애무하다가
몸속으로 흔적 없이 사라진다

소나기 나 아이스크림 같은 그녀가 다녀갔다
아름답고 달콤하고 시원한 것은
한순간에 사라지는 속도를 가진다

한순간을 억만년이나 살다 갈 것처럼
사람들은 서로 사랑하다가 미워하다가
물거품처럼 사라진다

모든 기억을 지우며 사람들은
소나기나 아이스크림처럼 소멸
쉬운 말로 사·라·진·다

2부

황금꽃 바람을 타고

무슨 일이 일어날 것 같은데
무슨 환호작약 할 일이 생겨날 것 같은데
우리는 모두 그날을 손꼽아 기다려 왔는데
꿈속에서도 금싸라기가 쏟아질 것 같은데
황금의 무대 위에서 황금 꽃다발이
우리들 가슴에 안겨 올 날을 기다리고 있는데

얼어붙은 눈 속에서도 꽃맹아리가 움트고
드디어 황금꽃이 활짝 피어
우리들 헐벗은 등 뒤에도
황금 빛살이 원광처럼 번져 갈 거야
찬연한 해오름이 금빛 입맞춤으로
물밀듯 밀려올 거야

황금의 융단이 끝없이 깔린 대지 위를
감미로운 음률이 꽃바람을 타고 흘러와
우리들 귓가에 금종을 울릴 거야

우리들은 모두 금가루가 흩날리는 새날 새봄이
오색영롱한 눈부신 광원 속으로
슬슬 잠기어 갈 거야

봄 꿈

내가 깊은 잠의 동굴 속에서
하염없이 꿈속을 헤매일 때
달과 별은 밤을 새워 내려와
우윳빛 젖으로 산다화 빨간 입술을 적신다.
칼바람 눈보라에도 피가 맺히도록 온몸으로
뜰을 지킨 산다화가 이제 막 떠나려는 참이다.

홍매화, 영산홍들에게 빨간 입술로 입김을 불어 넣고
봄이 오기 전에 문밖을 나서는 산다화를
아직도 서성거리는 매서운 바람들이 따라나선다.

나는 꿈속에서 나의 옛집을 찾지 못해
잡풀이 우묵한 빈집을 이리저리 기웃거린다.
한 번도 만난 적 없는 한 떼의 사람들이 줄을 이어
산속 오솔길로 들어가고 있다.

갑자기 나타난 절벽에 이마를 부딪치며

나는 비명을 지르면서 잠 밖으로 튕겨 나간다.
창문이 훤히 밝아오고 있다.

목련이 지면

청순한 마음이 문을 열어
화안하게 번지는 미소
그대 백옥의 얼굴을 다소곳이 숙이며
한 사내를 위해 일생을 바친
이름 없는 여인의 생애

바람같이 구름같이
떠도는 한 사내를 위해
그대는 순종을 가장 큰 미덕으로 삼는다.

속으로 삭혀온 내밀한 아픔이
바람에 실려 와 순결한 꽃은 지고
늦게야 철이든 황혼의 사내는
후회와 자책으로 뒤척이며
그 푸른 그늘 속에 야위어 간다.

꽃바람 불면

까닭 없이 나는 자꾸만 아프다.

한 번 피었다 지는 구름
그 구름이 다시 돌아오지 않는다고 그러는 것이 아니다.
한 번 바다로 흘러가 버린 강물
그 강물이 다시 돌아오지 않는다고 그러는 것이 아니다.
겨우내 모진 칼바람에도 뜰을 지키다 떠나버린 산다화
그 산다화가 다시 돌아오지 않는다고
그러는 것이 아니다.

개나리 진달래 영산홍이 돌아오고
거리마다 벚꽃이 화사하게 웃으며
모두 나에게로 걸어오고
눈부신 햇살이 나의 온몸에 스며들 때
"이걸 어쩌나, 이걸 어쩌나"
누군가 콧소리로 나의 오감을 설레게 한다.
그래서, 나는 까닭 없이 자꾸만 아프다.

이제, 이 어지러운 땅에도 봄이 왔나 보다.

꽃바람을 맞으며

바람이 산에 들면 산바람이 된다.
바람이 강에 들면 강바람이 된다.
윤슬의 바다에 폭풍이 덮쳐
거센 파도를 일으키며 우우 소리치며 몰려온다.
거리와 거리를 누비며
매서운 칼바람이 막강하게 설칠 때
어린 생명들은 움츠리며 파랗게 질려있다.

그러나, 조만간
풀꽃 같은 생명들도 모두 일어서서 손뼉 치며 춤추는
꽃바람이 불어오리라.
꽃향기 실은 산바람 강바람이
응어리진 우리네 가슴을 실실이 풀어주리라.
나는 눈 속에서도 꽃맹아리가 움트는 소리를 들으며
향긋한 꽃바람이 불어오는 쪽으로 걸어가고 있다.

봄 햇살 속으로

꽃의 암술이 실바람을 끌어당겨
향긋한 속내음을 수술에 담아주면
눈치라도 챈 듯 나뭇가지가 푸르게 흔들린다.

싱그러운 봄빛이 헤아릴 수 없는 황금 반지를
해 종일 나뭇가지마다 걸어 놓고
초록의 지평선 저 끝에서 누군가를 부르고 있다.
보일 듯 보일 듯 아지랑이 속에 아른거리며
점점점 모습을 드러내더니 원광처럼 번져온다.
지난해 먼먼 길을 떠났던 그가 돌아오는 것일까
그렇지, 그렇게도 청청하던 그가 쉽사리 떠날 수는
없지
헐벗은 나무들이 옷을 갈아입고
바스러진 낙엽이 나뭇잎으로 돌아오는 것을 보아라
겨우내 어딜 갔다 돌아왔는지
가지마다 음표처럼 앉은 새들의 노래를 들어 보아라

누군가 지평선 저 끝까지 녹색의 융단을 밟고
점점점 모습을 드러내고
끊임없이 들릴 듯 들릴 듯 나를 부르는구나.

소낙비

무수히 창문을 두드리다가 갔나보다
그 머언 곳에서 그의 영혼이
나를 찾아온 것일까

밤마다 별 숲에서 빛을 보내던 그가
오늘은 눈물이 되어 나의 창문에
왈칵 쏟고 갔나보다

그가 떠나던 날은
하늘이 잿빛으로 흐려 있었지
목 놓아 그를 부르던 나의 가녀린 음성이
머언 그곳까지 닿았을까

내가 잠시 오수에 젖어 있었을 때
그가 나를 찾아와서
창문을 무수히 두드리다가
흔근히 눈물을 뿌리고 갔나보다

깊은 숲속에는

숲속에는 예쁜 요정이 산다
욕심의 안개에 가리어
우리 눈에는 보이지 않지만
조그마한 씨앗 한 알 먹어도 포만한
새의 눈에는 요정이 잘 보이지

새들이 숲 위를 이리저리 날아다니며
조잘조잘 노래하는 것은
예쁜 요정을 예찬하는 것일 테지

새처럼 맑은 눈으로 숲속에 들면
예쁜 요정이 조곤조곤 속삭이는 소리 들리지
욕심을 내려놓고 맑고 밝게 살라고

폭염

나뭇가지 위에 달과 별이 걸려있다.
꼼짝하지 않고 걸려있다.
바람이 불어야 나뭇가지가 흔들리고
달과 별도 날아갈 텐데.
바람도 맥이 풀려 드러누운 모양이다.
여름밤은 지루하고 지겹다.
달과 별이 나뭇가지에 걸려 꼼짝하지 않는 걸 보면
세월은 지금 정지하고 있는가 보다.
정말이지 세월이 발목 잡혀가지 않는다면
무더위쯤이야 견딜 수 있지.
바람도 숨을 멈춘 여름밤
세월이 가지 않고 나뭇가지에 걸려있다.

올여름은 유난히 덥네

“에어컨 좀 틀어요” 아내가 말했다.
“전기세 많이 나올 텐데” 아내의 말이 이외라는 듯
걱정스레 내가 말했다.
“바캉스 가는 셈 치면 되잖아요” 아내가 다시 말했다.
올여름 우리 내외는 어디 한 번 놀이도 못 가고
줄곧 ‘방콕’이었으니까.
나는 방이나 화장실이나 욕실에 불을 켜놓고는 잊어
버리고
그냥 나오면 아내가 따라다니면서 전깃불을 끄는데,
올해는 유난히 더운갑다. 전기세가 문제가 아니다
겁도 없이 에어컨을 마구 켜 대니까
월급쟁이 살림에 선풍기 하나 사서
전기세 아낀다고 아껴가며 틀던 때가 엊그제 같은데.

〈아버지, 어머니 에어컨도 없이 그 무더운 여름을
어떻게 지내셨는지요. 〉

쨍쨍쨍 불볕 내리는 한낮
먼먼 하늘에 계신 부모님 생각이 불현듯 떠올라
창밖을 바라다보니, 하늘엔
구름 한 점도 보이지 않는다.

3부

그때가 참 좋을 때

내 나이 칠십이 넘었을 때 팔십 중반이 되신
나의 선사 김종길 선생이 물으셨다.
"자네 올해 몇인가"
나도 노령에 접어든 것을 알려드리기라도 하듯이
"벌써 칠십을 넘었심더"
선생께서 입가에 미소를 띄우시면서
"참 좋을 때구나" 이외의 말씀이었다.
"자네가 벌써 그렇게나 되었나" 이렇게
말씀하실 줄 알았는데
그리고 한참 후에야 말씀을 이으셨다.
"사실은 내가 칠십이었을 때 팔십 중반의 친척 어른이
그렇게 말씀하셨다네"
"종길이 자네 참 좋을 때다"라고

아! 어느새 나도 그때 그 선생님 연세가 되었다.
"선생님, 저가 벌써 팔십 중반이 다 되었심더"
문득 돌아보니 선생님은 계시지 않고

스산한 가을바람이 태산목 나뭇가지를
흔들고 지·나·간·다.

커피를 마시며

나의 친구들은 잠이 안 온다고 커피를 마시지 않는다
밤에 잠을 못 잔다고 하소연한다

잠이 안 오는 것이 무슨 걱정인가
안 자면 되는 거지
죽으면 원도 한도 없이 잘 텐데

삶은 한동안의 깨어 있음이요
죽음은 영원한 잠이 아닌가

구십 평생 산다고 해도 실은 육십 년 밖에 못 살지
삼분지 일은 잠자는 세월, 잠은 죽음의 연습이니까

나는 커피를 마시며
삼라만상이 죽음에 들어갈 때 홀로 깨어나
우주의 숨소리를 듣는다
풀벌레 소리 하나까지도 귀 기울여 듣고

별 하나까지도 눈여겨본다

돌아오지 않는 강

바람 부는 강 언덕에 앉아
발아래 흘러가는 강물을 바라보네.

쓸데없이 말을 수없이 지껄여 온 나의 입가에
볼 것 못 볼 것 다 보아 온 나의 눈자위에
들을 것 듣지 않아도 될 것 다 들어 온 나의 귓가에
맑고 푸른 강물을 스쳐 온 맑은 바람이
나의 이목구비를 씻어 주네.

아무것도 아닌 정말 아무것도 아닌 일에 분노하고
아무것도 아닌 정말 아무것도 아닌 일에
상처받으며 지나온 세월이
맑고 푸른 강물에 휘살 지으며 흘러가네.

가서는 돌아오지 않는 강물
가서는 돌아오지 않는 세월
바람 부는 강언덕에 앉아

언젠가 한 번은 바람에 씻겨 갈
육신이 앉아 있네.

가는 길

흩날려 간다 소리 소문도 없이
만장을 펄럭이며 요발을 울리며
너가 살던 마을을 벗어나
노상 술 취해 다니던 신작로 가의 주막을 지나
땀 흘리며 허리 굽혀 일하던 논밭을 지나
손과 발을 씻던 개울을 지나
영혼은 구만리 새처럼 날아가고
빈 허물만 꽃상여에 싣고
우리는 노래를 부르며 간다
어디, 골짜기를 타고, 빈 산으로
돌 하나 던져 놓듯 너를 묻고 돌아선다
어디로 가는가 흰 구름
우리는 술에 취해 허공중에 너를 부른다
잠시 스쳐 가는 바람
수평선 멀리서 달려왔다가 사라지는 물보라.

예행연습

아침에 뜰 앞에 내리는 햇살이나
저녁답에 나뭇가지에 어리는 노을빛을 볼 때도
그때가 좋았다.

그 빛이 머무는 동안, 이제 나 혼자 간다고 해도
외롭지 않다 쓸쓸하지 않다.
간절한 그리움으로 단풍잎이 떨어져 뒹굴고
새 한 마리 울며 하늘 끝으로 날아가도
그때가 좋았다.

금빛 은행잎이 나리는 길을
황금을 밟고 가는듯한 이 찬연한 기쁨
언젠가는 한 번은 걸어가야 할 그때 그 길도
은행잎 깔아놓은 황금의 길.
가을길은 홀가분하게 떠나는 예행연습과 같은 것.

낙엽편지

흘러가선 돌아오지 않는 강물을 보며
당신을 생각합니다
푸른 하늘 저 멀리 피어오르는 구름이
재 넘어 사라지는 것을 보며
당신을 생각합니다

일생에 단 한 번 마지막으로
불타오르는 단풍이
안타깝게 낙엽이 되려 합니다
나의 목소리가 닿지 않는 그곳에서
밤이 되면 별이 되어 찾아오시렵니까
낮이 되면 햇살이 되어 찾아오시렵니까

잠 못 드는 밤에 긴긴 사연의 편지를 써도
주소를 몰라 부칠 수가 없습니다
가을은 울음이 맺힌 슬픈 눈을 가지고 있군요
들길에 함초롬히 핀 코스모스의 가녀린 목덜미가

애잔하게 바람결에 흔들리고 있습니다
주소도 없는 먼 곳으로 낙엽이 길 떠나고 있습니다

다시는 돌아올 수 없는 푸른 강물
사라져 피어오르지 않는 흰 구름
잠시 머물다가는 별빛이나 햇살 같은 한 생애

머지않아 눈 내리는 뜰에는
당신의 영혼인 양 빠알간 산다화가
눈 속에서도 눈을 뜨고 나를 바라보고 있겠군요

만추(晩秋)의 길을 가며

어느새 나도 나목이 되어
가을을 보내는 문턱에 서 있다.
푸른 초원과 무성한 숲속
새와 짐승이 싱그러운 햇살 속에
풋풋한 과일처럼 영글던 한때
나의 젊음이 거기에 있었다.

세월의 물결이 휘살 지으며 퍼져가는 잔주름
다리를 절며 걸어가는 나에게
찬연한 의상을 거두어 갈 하늘 한 자락이
어느새 벌써 단풍나무 그늘까지 내려와 있다.

문득 뒤돌아보니 무수한 가닥으로 실타래처럼 얽힌
가뭇한 길 위에 내가 걸어왔던 발자국도 지워지고
기억 밖으로 가물가물 거리며
바로 어제인 듯 찬연한 무지개도 사라지고 없다.

낙엽이 몇 마디 언어로 뒹굴고 있는 길 위에서
내가 가야 할 길이 실루엣처럼 얼비친다.
노랗게, 혹은 빠알갛게 무늬지어
한 생애를 물들이고 있다.

고해의 다리

사람들은 무리 지어 출렁다리를 건너가고 있다.

어떤 사람들은 두려워하며 다리가 끊어질세라 조심조심 건너는데 어떤 사람들은 불한당같이 발을 구르며 출렁다리를 더욱 출렁이게 한다. 그럴 때마다 겁이 많은 사람들은 겁에 질려 엉거주춤 멈춰서 떨기도 하고 기분이 좋은 사람들은 소리 지르며 환호한다. 출렁다리는 이 두 종류의 삶을 무등 태우며 출렁거려야 이름을 얻는 것처럼 출렁거린다.

다리 아래는 악어가 이빨을 한껏 드러내고 꼬리를 마구 흔들어 대듯이 성난 파도가 으르렁거리고 있다.

고통의 바다-인생은 고해를 건너가는 도정이다. 출렁다리는 고해 위에 하늘에 잇닿아 있다. 출렁다리가 끝나는 저 언덕은 하늘과 맞물려 있어서 다리를 건너는 사람들은 하늘 속으로 들어간다.

이쪽과 저쪽, 이승과 저승 사이에 출렁다리가 출렁이고 있다.

나는 출렁다리 입구에서 사람들의 뒷모습을 보고 있다.

나는 할 일이 많이 남아 있기 때문에 사람들이 어떻게 저 고해의 다리를 건너가고 있는가 바라만 보고 있다.
하염없이, 나를 떠난 사람들을 생각하고 있는 것이다.

허무의 점 하나

아무것도 정말 아무것도 아닌 것이 나를 괴롭히고
정말이지 아무것도 아닌 것이 나를 잠 못 들게 하지만,
헤아릴 수 없는 밤하늘의 별을 보고
광막한 우주를 생각할 때
내가 괴로워하고 분노하게 만드는 저것들은
좀벌레의 털에 지나지 않는 것

억만년 세월이 흘러가면
지금 내가 살아가고 있는 시간은
하나의 순간
내가 살고 있는 곳은 하나의 점
아니 점의 억만 분의 일, 순간의 억만 분의 일도 아니지.

괴로워하고 분노하는 이 부질없는 것들에 얽매여
한순간을 몇천 년이나 되는 것처럼 여기는
이 숙맥을 무엇이라 말해야 하나.

좁쌀의 나이

우주의 나이 138억 년
태양의 나이 46억 년
지구의 나이 35억 년
나의 나이 ___.

광대무변한 우주에 비하면
나는 하나의 좁쌀
아니 좁쌀의 몇억 분의 일도 아니지
어디다가 나의 나이를 갖다 대려고.

그런데 우주여!
138억 년 전에 너는 무엇이며 어디에 있었니?
"묻는 너가 어리석지.
조물주 하느님의 일을 너가 알려고 하다니."
하늘 저 멀리서
웅혼한 음성이 내 귀에 꽉 차서
맴돌다 사라졌다.

일몰의 언어

나와 함께 있어 줄 것이라 믿었던 그가
어느새 서산마루에 얼굴만 내민 채
나를 돌아본다.

길을 가다가 문득 그를 바라보았다
잘 가라고 손을 흔들었다
그러자 그는 숨을 모으고
미련 없이 서산 너머로 순식간에 사라졌다.

그가 남긴 저 찬연한 생과 멸의 언어
나더러 곰곰이 생각해 보라고
가슴 저리게 뿌려 놓은 진홍의 몸짓
살아생전 마음속 깊은 얘기를 다 못하고
후회의 사연들을 모아 분홍의 실오리로 짜 내린
선연한 핏빛 울음들이 올올이 맺혀 있다.

다시는 돌이킬 수 없는 발자욱이

점점이 찍혀 있다.

빛으로 전하는 말

누군가 나의 꿈속을 들여다보는 것 같아서
문득 잠에서 빠져나와 일어나보니
둥두렷한 얼굴이 빛으로 말했다.

천여 년 전에 시선(詩仙) 이백이 읊었던 것처럼
나의 침상 위에 은은한 빛의 말씀이 실려 왔다.
천년 세월이 지나도 변하지 않는 금빛 미소
변한 것은 단지
이백은 가고 내가 그 달빛에 젖는 것일 뿐.

床前 明月光 疑是地上霜
또다시 천년 세월이 지난 후
누가 나 대신 저 환한 미소 앞에 내가 그랬듯이
이백의 시를 읊어주며 나를 생각할까
아득하고 아득한 무상한 세월의 흐름이여!
무심한 달빛이
나의 침상을 찾아와 나와 함께 밤을 지샌다.

비정한 삽화

해 질 무렵, 벚꽃나무들이 손을 잡고 끝없이 걸어가
고 있다.
이제 막 나뭇가지에서 떠나려고 은발을 나부끼며
점점이 사라져 갈 듯 -하드 보일드- 그 비정의 문맥을
접는다.

시는 영원으로 가는 길의 문을 여는 열쇠,
시인은 그 열쇠를 후인에게 전해주는 영원을 사는 사람
한때 내가 생각했던 정의는 오류라고 지는 벚꽃이 알
려주네

이제 나도 어느새 저물어서 믿고 의지했던 모든 것들을
벚꽃이 지듯이 날려 보낸다.

한 해 동안 세계적 아니 우리나라에서만 가장 위상
높은 시인의
시가 한 편 생산된다 해도,

천년에 천 편, 만년에 만 편, 억만년에 억만 편이니

수많은 시인이 달마다 발표하는 시편까지 합치면 부지기수,

그 천문학적 양의 시편들을 억만년 후의 사람들은 어찌 다 읽어 보겠는가.

묘망한 바다 위의 한 줌 좁쌀 같은 나의 시쯤이야 누가 기억하랴

아니, 광막한 우주 속의 한갓 축구공 같은 이 지구에

빙하기가 올는지, 전쟁으로 폭삭 망하든지, 역병이 창궐하여 인류의 씨가

마른다면 또 어찌 되겠는가

한 편의 시를 위해 잠을 설치는 이 좁쌀 같은 내가

모처럼 벚꽃 흩날리는 길을 걸으며

서리 내린 나의 머리칼과 덧없는 세월.

나의 시의 부질없음을 깨닫는 것은 어려운 일이 아니다.

천지에 보이는 것이라곤 은빛 머리칼을 흩날리는 벚꽃뿐,

눈부신 은발이 지고 나면 싱그런 연녹색 무성한 잎들이 이 땅을 물들일 것이다.

억만년 후의 일은 억만년 후의 사람들에게 맡기면 될 테지.

지금, 나는 오늘만을 생각하는 나무로 서서, 벚꽃처럼 머리 위에

은발을 날리며, -하드 보일드- 미련 없이 저물어 가는 것이다.

노년의 시법

어느새 나도 저물어서
백발의 머리칼을 쓰다듬으며
염색이라도 하면 젊어질까
길을 나서는데
"원 세상에"
벚나무들은 일제히 은발을 휘날리며
나에게로 무리 지어 걸어오지 않는가
은발이 이렇게 아름다운 줄
내가 저물어서 알게 될 줄이야
젊을 때는 보이지 않던
저 백발의 나무들
아름답게 늙어가는 법을
저 나무들에게 새삼 배우게 되는구나

독작

어느 날 불현듯 돌아보니
나의 술친구들 간 곳 없네.
술 마시며 정담을 나누던 친구들
하나둘 떠나버리고
남아있는 친구들도 술 끊으니
만나본들 재미없네.

나 혼자 목노집에서 쓸쓸히 마시는 술
술잔 속에 친구들 얼굴 하나둘 어른거려
고개 들어 푸른 하늘 바라보네.
적막강산 단풍 드는가 했더니
어느새 낙엽 되어 흩날리네.

혼자 마시는 술잔 속에는
흰 머리칼 주름진 얼굴만 남아있네.
눈 내리는 삭막한 먼 길을 표표히 흩날려갈
낙엽 같은 육신이 술잔 속에 남아있네.

4부

밤하늘에 흐르는 별을 바라보며

〈별똥별의 기억〉

밤하늘의 별들은 우주의 의문부호이다
유년 시절 캄캄한 밤하늘에 반짝이는 별들을 바라보면
철부지 마음에도 어떻게 저 별들이 떨어지지 않고 촘
촘히
박혀 있을까 너무도 신기해서 형언할 수 없는 생각들이
비좁은 머릿속에 꽉 차 있었지
마당에 덕시기 펴고, 강냉이랑 감자가 우리 가족들의
얘기를
도란도란 이어주는 밤이면 모깃불은 향불처럼 밤하
늘에 닿아
별들을 흔들어 놓곤 했지
그때 어디선가 별 하나가 은색 선을 그으며 쏜살같이
내려왔지
우리 집 안방 천장에서 별 하나가 뚝 떨어지듯이__
누나가 말했지 "저것은 별똥별이란다."

"별도 똥이 있는가베." 내가 신기해서 물었지
"별똥은 쫄깃쫄깃하고 맛이 있단다."
배가 고프던 시절에는 삼라만상이 먹는 것으로만 해
석되었지
나는 동네 가게의 별똥과자를 떠올리면서 입맛을 다
시었지

(눈 깜짝할 사이 칠십칠 년의 세월이 별이 흘러가듯
사라졌다.
누님도 별나라에 가고, 나는 지상에 남아 별을 바라
본다.
사람들은 그때 그 양 같은 사람들이 아니다. 여우나
늑대의 가면을 쓴
사람들이 득실거릴 뿐)

〈별똥별은 신의 돌팔매인가〉

운석(隕石)은 하느님의 돌팔매이다.
멀고 먼, 가늠할 수 없는 머언 곳에서 빛나는 별
하느님은 그 별 한 귀퉁이를 뜯어
이 죄 많은 지구를 향해 던진다.
사악한 자, 간교한 자를 응징하려고
벼르고 별러 던진다.
그러나 사악한 무리의 낯짝엔 철판을 깔아
하느님은 눈이 어두워
알아보지 못하시나 보다.
하느님의 돌팔매는 언제나 빗나가서
강변 어느 자갈밭에 운석은 이름 없는 돌에 섞여
이름 없이 뒹굴고 있다.
사악한 자, 간교한 자를 응징하지 못하고
아무 이름도 얻지 못한
별똥돌.

꽃소식

들판 한가운데 큰 나무가 서 있다.
칼바람이 빈정거리며
나무를 할퀴고 막말로 떠들어댄다.
바람은 어느새 핏빛으로 변해
온 들판을 떠메고 갈 기세다.

사람들은 입을 다물고 두 손을 모아
그 큰나무를 위해 기도하고 있다.
그 마음이 하늘에 닿은 것일까.
하늘이 먹구름의 휘장을 걷어내고
맑고 밝은 얼굴을 내민 것은
햇살이 오색영롱한 날개를 단 천사들은 데려오고
북을 둥둥 울리며 훈훈한 입김을 불어댔을 때
여기저기 핏빛 바람이 숨을 멎고 픽픽 스러진다.

큰 나무는 악풍을 견뎌낸 것일까
나무의 가지마다 움이 트고 잎이 피고 꽃이 입술을

열어

　나비와 꿀벌과 새들이
　산지사방 평화의 말을 퍼뜨리는 것을 보면,

　악풍은 오래가지 않는다.
　미풍이 힘이 세다는 것을
　숨을 죽이고 바라본 사람은 알게 될 것이다.

반딧불이

왜 이렇게 어두워만 가는지요
앞이 캄캄하여 길을 찾을 수 없군요
악이 창궐하여 유행병처럼 번져도
아무도 아프지 않아요

악마들이 주춧돌을 빼고
기둥을 흔들어도
설마 어쩌랴
사람들은 눈을 뜨고도 잠자고 있어요

내 작은 몸이지만, 온몸으로 불 밝혀
이 사악한 어둠을 몰아내어
캄캄한 길을 밝힐 수만 있다면-

별빛 내린 푸른 숲이 형광으로 빛날 때까지
오늘도, 나는 온몸이 녹아내리도록
눈을 뜨고 밤을 지새우고 있어요

신 산유화

가을 산은 연인들이 연정으로 꽃물들이는
황홀한 화원이다.

격정으로 불타오르는 연정을 어찌할 수 없어
이 산 저 산
나무 잎새 잎새마다
붉디붉은 사랑의 밀어를 풀어
꽃물을 들이네

황금의 시절이 지나고, 설령
눈보라 치는 겨울이 그 열정을 앗아간다 해도
눈 속에 꽃맹아리가 움트듯
사랑의 불씨는 남아
이 산 저 산 꽃씨를 뿌리네

봄이 오면 봄날이 오면
조곤조곤 꽃씨를 심던 언약은

연분홍 진달래로 피어나네
이 산 저 산 연분홍 사연으로 너울지네

신발에 대한 경배

겨우 한 뼘 반밖에 안 되는 신발이
나의 칠십 킬로그램 육신을 담고
이리저리 다닌다는 것은 실로 놀라운 일이다.

나의 몸무게가 어느 한쪽으로 기울지 않게
균형을 잡으며 세월의 곡예줄 위를
떨어지지 않고 건너간다는 것은
정말 갸륵한 일이다.

내가 문턱에 앉아
두 개의 신발을 노역에서 해방시켜 주려고 할 때
나는 몸을 뒤로 젖히거나 뻣뻣하게 세우지 않는다.

나는 신발을 대하면
나도 모르게 저절로 몸을 굽혀 고개 숙인다.
그것은 나를 데리고 다니며
충심으로 나를 섬겨온 신발에 대한

감사의 인사인지도 모른다.

후회하지 않아도 될 때

술을 마시고 돌아오면 안주처럼 후회가 따른다.
왜 내가 화를 내고 그런 말을 왜 했던가
그는 왜 나에게 마음 상하는 말을 했는지.
그는 왜 나를 오해하고 있었는지
그런 사소한 일로 잠을 이루지 못하고 뒤척일 때가
있지

그런데 요즈음, 몸에 고장이 생겨 술과 결별하고 나니
절로 후회가 없어지고 잠을 잘 잔다
후회는 사람을 만나는데 생기는 정신병 같은 것
사람을 만나지 않으니 절로 후회가 없어졌다.

숲을 만나고, 나무와 꽃을 만나고 돌아오면
후회는 없다.
흘러가는 강물을 만나고, 광대무변한 바다를 만나고
돌아오면 후회는 없다.
높은 산, 깊은 계곡, 시원한 언덕 위에 올라서서

먼 들판을 바라보고 돌아오면 후회는 없다.
이제 나도 후회하지 않아도 될 때가 되었나 보다.

금주(禁酒) 이후

술을 마시지 않으니
온몸이 새잎 돋아나는 싱싱한 나무 같다
물오른 나뭇가지처럼
살을 찢는 듯한 속병이 잠잠하고
얼굴에 붉은 기운이 가시어졌다

술과 인연을 끊고 나니,
술잔 앞에 놓고 잡담하던 시간이 줄어들고
나 혼자 생각하는 시간이 늘어났다.

나 혼자 걸으며, 나 혼자 벤치에 앉아서
흐르는 시냇물, 노래하는 새들의 목소리를 듣고,
나무와 꽃이 바람과 한 몸을 섞어
속삭이는 소리를 듣고,
산 너머 흘러가는 구름의 온갖 얼굴을 보며
나 자신을 돌아보는 시간이 많아졌다
만시지탄은 있지만, 지금이라도

술과 결별한 것이 한평생 가장 큰 일을 했다

사서함 비우기

머리가 아파서
그 좋아하던 술도 마시지 못한다
머리 뒤쪽이 감각이 없다
푹푹 쑤셔대다가, 찌엉하니
무엇엔가 한 대 맞은 듯하다

나의 언어로선 표현이 불가능하다.
"사서함을 비우세요."
휴대폰에 독촉 메시지가 들어와도
나는 사서함을 비우는 방법을 모른다

머릿속에 생각들이 숲속처럼
빼곡히 들어차 있다
더 이상 생각이 들어갈 틈이 없다.

쓸데없는 생각을
왜 버리지 못하는가.

쓰레기통에 쓰레기를 비우듯,
쓸데없는 것을 비우고 또 비우고
사는 법을 아직도 터득하지 못하는가.

나는 욕심이 많다
사서함을 비울 줄을 모른다.

어둠과 절벽

나는 거미줄에 걸린 잠자리가 되어
수술대 위에 묶이어 있었다.
살을 저미는 고문에도 굴복하지 않는
독립운동가를 떠올렸다.
털끝도 굽힘 없는 그 당당한 기상을 생각했다.

나는 그 지경이면 어떠했을까
무지막지한 군화에 짓밟히는 풀 한 포기
짓이겨진 풀여치, 방아깨비
나는 속수무책으로 비굴하게 목숨을 구걸했을 것이다.
그 막강한 폭력 앞에서 납작 엎드렸을 것이다.

나는 지금 절대자 하느님께 빌고 있다.
술을 마시지 않고 하느님만 믿겠습니다.

나비 한 마리 광풍에 맥없이 날고 있다.
물방개 한 마리 흙탕물에 휩쓸려 떠내려가고 있다.

눈보라를 거슬러 방향 없이 나르는 참새 한 마리.

병원을 드나들 때마다
나는 하느님께 빌었다.
참으로 나는 간사한 사람이다.
하느님도 내가 그렇고 그런 사람이란 걸 다 아시겠지
만,
병원을 나서면 하느님을 잊어버린다는 것을 다 아시
겠지만.

캄캄한 어둠 속에서, 생의 낭떠러지 위에서
이 간교한 사람이,
하느님께 용서를 빌고 있다.

다시 만날 수 없는 것에 대하여

어디 갔다 돌아오면
잃어버리는 것이 꼭 하나 있다.
여름철에는 우산과 부채
겨울에는 장갑
무시 때는 손수건
우산은 몇 개나 잃어버렸는지 헤아릴 수 없어
기억나지 않는다.
잃어버리고 나서 잘 챙기지 못한 것을 후회한다.
그중에는 선물 받은 것도 있는데 선물한 사람의
성의를 봐서도 안타까운 마음을 추스를 수가 없다.
잃어버린 것은 나와의 인연이 다 한 것
후회한들 그것은 이미 나의 것이 아니다.

헤어진 사람
다시 만날 수 없는 사람
천만금으로도 살릴 수 없는 사람

까짓 물건이야 돈만 주면 살 수 있으니까
후회하지 말자고 다짐하지만
물건이라도 잃어버린 바로 그 물건을
어찌 돈으로 살 수 있겠는가.

비파 켜는 선녀를 만나러 가리

바위가 비파소리를 내는 곳이 있다지
비파 슬자, 섬 도자 이름하여 비파의 섬, 슬도

해안에 누워 꿈꾸는 바위등이
구멍이 숭숭 뚫려 기기묘묘한 모습으로 그대를 부른
다네
소리를 불러내는 길을 열어 옥구슬을 꿰듯
맑고 푸른 바닷바람이 해종일 드나들면서
비파를 연주하는구나.

감람빛 물젖은 안개길 자욱이 스며드는 미명이면
선녀들이 비파를 켜면서
해오름 일기 전에 서둘러 승천하는 채비를 한다네.

그 선녀 하나, 구름 옷 자락을 내가 훔쳐 오면
그녀는 나의 연인이 되어
우윳빛 부드러운 두 팔로 나의 품에 안기어

오순도순 비파음으로 속삭일까

나는 호탕하게 술 마시고, 선녀는 미쁘게 비파를 연
주하고.

5부

측백나무 숲 예찬

마음이 괴롭고 외로울 때는
푸른 하늘 향해 당당히 일어선
여기 무성한 측백나무 숲을 보아라
흙 한 줌 물 한 방울 없는 석벽에
발을 뻗치고
비바람 눈보라에도 꺾이지 않는
저 강인한 생명력을 생각해 보아라

낮이면 눈부신 햇살이
밤이면 유정한 달과 별빛이
측백나무의 온몸을 어루만져주리니
석벽을 다정하게 껴안고 오순도순 서로 몸 부비며
정겹게 살아가는
저 견고한 우정과 의지를 보아라

삶에 지쳐 고달프고 실의에 헤매일 때
여기, 강인한 생명력과 의지를 지닌

측백나무 숲을 바라보아라

* 견고한 우정- 측백나무 꽃말

산울림

남에게 대접받고 싶으면, 먼저 남을 대접하라
깊은 산속에는 예절을 가르쳐주는
영험을 지닌 신령님이 사신다네
〈이 나쁜 놈아〉하고 소리치면
〈이 나쁜 놈아〉하고 응답하고
〈이 좋은 사람아〉하고 덕담하면
〈이 좋은 사람아〉하고 화답한다네
내가 남을 칭찬하면 그 칭찬이 곧바로
자신에게 돌아온다는 진리
그 진리를 깨닫는 사람은
마음의 평화를 누리게 된다네.

살아서 흘리는 눈물

슬픈 일이 없는데도 눈물이 난다
눈물이 그렁그렁 맺혀
가끔 손수건으로 훔쳐낸다
자식들이 모두 착하게 살아가고
손자 손녀들이 기특하게 잘 성장하여
효자, 효손으로 나를 공경하며 효도하는 덕에
만년이 즐겁고 재미있는데도 눈물이 나다니.

안과에 가서 진찰을 받아보니
눈물샘에서 흘러내려 갈 하수구가 막혀
눈물이 고이는 현상이라 한다
(살아서 흘릴 눈물이지
결코 죽으면 못 흘릴 눈물이다)
죽으면 흘릴 수 없는 눈물
살았을 때 실컷 흘리고 가야지

* ( )안은 강우식 시인의 시 〈눈물〉 끝 구절 인용

강물이 흘러가는 곳

강 언덕에 앉아
흘러가는 강물을 보고 있노라면
무심한 세월이 잘 보인다
흘러가선 돌아오지 않는 강물
지나가선 돌아오지 않는 세월
강물이 모두 바다에 모이듯
세월에 떠밀려 떠나온 사람들은
어디에 모두 모여 있을까
모두 모여 지나온 세월을 돌아보며
웅얼웅얼 얘기하고 있을까

이빨

나의 몸보다 늦게 태어난 놈이
나보다 먼저 갈려고 하는구나

음식물을 잘게 잘게 재단해서
나의 위장을 돕고
영양을 지원하던 나의 충복

때로는 분노에 떨며
나와 함께 이를 갈던
너의 충심을 어찌 잊을 수야 있겠는가마는

나와 함께 청산에 가길 바랐던
너가
이렇게 배반을 하다니

하기야 요즈음 세상은
배신의 시대가 아닌가

세속을 따라, 의리를 버리고
나를 떠난다는 너를
내 어찌 막을 수가 있겠는가

유리 바닥 길

이 풍진 세상에도 설이 찾아왔다.
피땀 흘려 일하신 조상 덕분에
차례상에 제물이 가득하다.
"요즈음 세상이 왜 이리 소란스럽냐."
할아버지, 아버지 위패가 내려다보신다.

술잔을 올리고 절을 하면서, 속으로
죄송합니다. 죄송합니다.
나의 죄를 뉘우치며 한동안 꿇어앉았다.

조상님들 헐벗고 굶주리면서 일구어 놓은
이 튼실한 옥토 위에
밟으면 깨어질 듯 유리 바닥이 깔리고
금이 갈 듯 금이 갈 듯 아슬아슬하게 딛고 가는
자손들의 발자국들이
설날 아침, 거리 거리에 소란스럽게 찍혀 있다.

뒷북소리

장고보다도 북에 매달리다가
그는 마침내 북이 되었다
아주 동네북이 되었다

온 마을에서도 따돌림이 되어
그는 혼자 이불을 뒤집어쓰고
제멋에 겨워 북을 쳤다
그의 귀에는 북소리가 크게 울렸지만
아무도 들을 수 없었다

두 손을 불끈 쥐고 횡설수설하다가
날이 가고 달이 가고 세월이 가고
그는 먼 먼 곳에서 들릴 듯 말 듯
희미한 북소리가 되어
소리의 늪으로 가라앉고 말았다.

그림자가 없는 사람

눈은 마음의 창이다.
눈동자는 창틀에 끼인 투명한 유리와 같아서
그 유리창을 통해 세상을 복사하여 마음속에 전한다.
마음은 창을 통해 복사된 언어를
입으로 타전한다.

그는 눈동자가 없다.
마음의 창문을 닫고 있기 때문에
안과 밖을 소통할 수 없다.
(눈에 보이는 게 없나?)

눈에 보이는 것이 없으므로 그는 도무지 겁이 없다.
세상이 손가락질하며 욕을 퍼부어도
그는 눈동자가 없기 때문에 눈도 깜짝하지 않는다.
마음으로 소통하는 창문이 없으므로
거짓말을 무수히 지껄여도 양심의 가책을 받지 않는다.
세상 사람들이 얼굴에 철판을 깔았다고 성토하지만

그는 마음으로 통하는 창이 없어서 눈도 깜짝하지 않
는다.

눈동자가 없는 사람
세상이 캄캄하게만 복사된다.
아하 그림자가 없다.

말(言)의 민낯

덮어 두세, 덮어 두세 눈이 내린다.
상처를 덮어 두자고 눈이 한 줄 내린다.
꼭 그렇게 말해야 하나
눈이 두 줄 내린다.
말할 게 따로 있지
눈이 석 줄 내린다.
덮어 두세 덮어 두세 더러운 것 덮어 두세
눈이 펑펑 내린다.
말은 불행의 씨앗, 입을 다물라고
눈이 펄펄 날린다.

세상을 잠식할 듯 숨을 조이는
저 백색의 공포
그러나 힘이란 멀어지면 풀어지는 법
눈부신 햇살이 신의 손길처럼
질식할 듯 두려움을 거두어들인다.
눈이 녹을 때 드러나는 가면의 민낯
후안무치의 민낯들이 나뭇가지에 걸려 있다.

노숙자

그는 언제나 계단의 맨 아래쪽에 앉아 있었다.
더 이상 내려갈 곳이 없으므로
더 이상 올려다볼 일이 없으므로
그는 고개를 푹 숙이고
사람들이 계단을 한 계단 한 계단 올라가거나
조심스럽게 한 계단 한 계단 내려와도
자리를 바꾸지 않고 그 자리에 앉아 있었다.
가족, 돈, 집, 명예, 음식, 옷
더구나 명예나 권세나 부귀는
신기루같이 손에 잡히지 않는 먼 먼 곳에 있으므로
그가 맨 아래쪽 계단에서 고개를 푹 숙이고
꿈도 꾸지 않을 것이다.
전깃불이 금방 꺼져버린 것처럼
뇌 속은 캄캄할 것이다.
밤과 낮이 바뀌는 그것이
시간이고 세월이리라.
그는 언제나 계단의 맨 아래쪽에 앉아서

꿈이 없는 캄캄한 미로 속에서도
습관처럼 편안하게 정물이 되어 있었다.

군자(君子)의 길

창호지에 달빛이 스며들어
완자창이 파르스름히 물들면
아버지께서 글 읽는 소리 웅혼하게 들린다.

예가 아니면 보지 말고,
예가 아니면 듣지 말고,
예가 아니면 말하지 말며,
예가 아니면 행동하지 말라.

뒤울안 대숲이 서걱서걱 받아 적는다.
청정하고 곧은 지조의 말씀이 댓잎에 맺힌다.

청포를 입고 뜰을 거닐던 아버지
그 높은 덕이 뜰앞 난초 꽃잎에 스미어
군자의 길을 따라
우련히 향기가 퍼져나간다.

허무의 이빨

냉장고에 넣어둔 홍시가 꽁꽁 얼어붙어 돌덩이 같다.
조금 녹여서 칼로 빚으니 바로 아이스크림이다.
찬 바람이 창을 울리는 밤중에
홍시 아이스크림을 먹는 것은 별미이다.

홍시가 뱃속으로 들어가니 나는 냉동인간이 되어간다.
누군가 나를 냉동시켜 보관해 두었다가
한 이백 년 지난 뒤에 꺼내어 녹여 준다면
나는 피가 돌고 오장육부가 다시 움직여
살아날 수가 있을까

그때, 나를 알아볼 사람은 아무도 없을 텐데.
처자식도, 친구도, 이미 어디론가 떠난 후일 텐데
아무도 나를 알아보지 못하는 세상에서
나는 망망대해의 한낱 나뭇잎처럼 떠돌 것인가.

냉동 홍시를 빚어 먹으면서

문득 내 등 뒤에서 나를 야금야금 먹어 치우는
신의 이빨을 감지한다.
그것은 속절없이 나를 물고
질질 끌고 가는 허무한 시간의 이빨이다.

비밀 2

바다는 배 한 척을 끌고 가다가
슬쩍 그 오지랖에 감싸서 감춰버린다.
아무 일도 없었다는 듯이
한 일 자로 꽉 다문 입

파도는 비밀을 캐내어
큰소리치며 몰려오지만
뭍에 닿기도 전에, 은밀한 말은 거품이 되어
실실이 풀어진다.

꽉 다문 수평선의 입은 열리지 않는다.

바닷가에서

바다는 나의 교과서이다
책을 펴면
하늘과 바다가 비로소 문을 연다
입을 꽉 다문 수평선의 한 획
그보다 더 크고 부푼 언어는 없다
시를 찾아 헤매던 순수한 발자국
지금은 찾아볼 수도 없지만
이 끝없이 입을 다문 한일자 앞에
나는 두 손을 모으고 꿇어앉는다
침묵의 언어가 파도를 타고
푸른 하늘에 닿을 때까지

6부

□ 1행시

평론가

시인은 꿈꾸는 사람, 평론가는 해몽하는 사람

이승과 저승

눈 뜨면 이 세상, 눈 감으면 저세상

깨달음

산다는 것은 깨달음에 이르는 길이다

이슬

나는 온몸으로 세상을 본다

빈 병

나는 쓰러지고 나서야 비로소 노래를 부른다

겨울나무

앙증스런 모습으로나마 앙버티고 있어야 한다

황혼

이글거리던 태양의 죽음, 그 뒤에 오는 찬란한 진홍
의 여운

분수

너는 온통 그리움이다, 끝내 닿을 수 없는 푸른 하늘
이여

통일론

우리나라의 모든 강물은 드디어 바다로 간다

봄비

봄으로 가는 길목에 비가 내린다

석류

입술을 깨물며 슬픔을 안으로 삭히다 터져 나온 진주알

□ 2행시

회억

내 어릴 때 설, 추석 다음으로 즐거운 날은
어머니 따라 장에 가는 날이었네

연민

밤새워 작은 풀잎 하나가
제 몸보다 더 작은 이슬 한 방울 품고 잔다

소리의 그물

풀벌레는 달과 별을 빨아들여
소리의 그물을 짠다

세월(시계)

내가 잠든 밤에도
그는 잠자지 않고 일한다

폭염

하늘나라에서 불화살을 쏘면서 악마들이 내려왔다
땅에서는 핵탄두를 앞세우고 산지사방 윽박질렀다

□3행시

그리운 산(아버지의 존영)

나는 언제나 당신을 우러러봅니다
날마다 당신 품속으로 들어가 보지만
도시 그 높이와 깊이를 알 수 없습니다

구름 자리(야은 스님)

온 데도 간 데도 없는
구름 위에 자리를 편 화엄의 경전
그 위에 연꽃 한 송이 피운 오도의 미소

달빛

명경 알처럼 맑은 하늘에 두둥실 떠 올라
부처의 모습으로 내려다보고 있다
원광으로 퍼져가는 무량한 빛의 물결

포용

산 계곡 웅덩이는 속이 너무 넓어서
몸집이 우람한 산이 들어와 눕는다
구름도 잠시 따라와 쉬어 간다

청산

삶이란 대저
제집을 나와 청산 가는 도정이다
영원히 잠들게 하는 푸른 솜이불, 청산이여

대행

착한 자는 하늘이 그 착함을 복으로 갚아주고
악한 자는 그 악함을 화로써 갚나니
악한 자를 보고 속상하지 말고 하늘 뜻을 믿게나

□4행시

님 생각

종발만 한 해가 떨어졌는데도
만 리에 어둠이 오니
그대 나를 떠나면
나는 캄캄한 밤길을 걷겠네

그리운 그 말

스산한 바람 부는 솔밭길을 함께 걸었네
그때, 네가 한 말은 잊었지만
사운 대는 솔바람 소리
아직도 내 귀에 남아 있네

고철상

짓밟히고 내동댕이쳐져도
이를 악물고 버티어 왔다
온몸이 할퀴고 찢겨져 너덜너덜해진
육신을 끌고 여기까지 왔다

길

폭포는 떨어져서 마침내 이름을 남긴다
그 희디흰 염결성의 물보라
흰 피를 뿌리며 결연히 가라앉아
드디어 자신의 길을 만든다

동백섬

동백섬엔 동백꽃만 핀다.
우리들이 너를 버린 동안
속으로 삭인 울음이 피로 맺혀
빨갛게 빨갛게 홀로 핀다.

가을밤에, 그 길을

귀뚜라미 그 조그마한 것들도
밤새워 울어대는데
내가 어찌 잠들 수 있겠습니까
세월에 지워버린 그 길을 밤새워 걸어갑니다

즐거운 일

미인을 바라보는 것은 즐거운 일이라고
어느 시인이 말했다
마음이 착한 사람
덕이 높은 사람과 같이 지내는 일은
더욱 즐거운 일이다

폭포

그것은 이 시대의 양심
불의와 타협할 수 없는
무수한 직선의 물보라
너는 오직 바르게 떨어짐으로
이름을 얻는다

덕이 높은 사람에겐 반드시 이웃이 있다

신록은 무성한 옷자락으로
그늘을 드리우고
나를 쉬었다 가라고 한다
덕이 많은 사람은
저렇듯 넓게 사람을 포용하나 보다

파도

부서지기 위해서 달려간다
부서지고 부서져서
마침내 맑아지는 순수의 물보라
나의 화두(話頭)는
"왜, 너는 부서지기 위해서 달려가는가"

청산가는 길

삶이란 대저 이 길 저 길 헤매다가
결국은 청산으로 가는 길이다
영원히 나를 잠재워줄 푸른 산
꽃은 몇 번이나 피고 졌으며
구름은 또 몇 번이나
일어나 사라졌는가

새벽 종소리

아버지의 나라에서
은총인 양 종소리가 들려 온다
고달픈 육신을 펴고
종소리를 들어 보아라
하느님은 가장 정다운 모습으로
그대 앞에 계신다

비밀

바다는 배 한 척을 끌고 가다가
슬쩍 그 오지랖에 감싸서
감춰버린다
아무 일도 없었다는 듯이
한 일 자로 꽉 다문 입
꽉 다문 수평선의 입은 열리지 않았다

낙엽이 질 때

지나고 나면 남는 것은
후회뿐이다
그렇게 말하면서 낙엽이 진다
억울한 일 분한 일
지나고 나니 아무것도 아니라고
그렇게 말하면서 낙엽이 진다

여정

바다의 품속으로 들어가는
길목에서 문득 강은
한 굽이 몸을 꺾으며 뒤돌아본다

돌부리에 차이며
바위에 부서지며
가시덤불에 할퀴어도
말없이 흘러온 삶

겨울나무

슬픔을 딛고 가는 사람은
기쁨의 나라에 닿는다

고통을 딛고 가는 사람은
즐거움의 나라에 닿는다

나무는 눈보라 치는 겨울을 밟고
무성한 잎과 꽃을 거느린
봄나라에 이른다

가을길

개나리, 복사꽃, 진달래
몽글몽글 꽃피던 봄마을을 지나
눈부신 햇살에 초록의 물감 버물러
온 산야에 흩뿌리던 여름 숲길 지나
어느새 나 여기까지 와 버렸네

새털구름 머흘머흘 흘러가는 하늘 한 자락
가을 언덕에 내려앉아
나를 부르고 있네

종

작은 소리로 울지 말자
소리를 안으로 모으고 또 모으고
가슴 여미며
소리를 안으로만 거둬들이고
언젠가 한 번은
해일처럼 몰려올
우람한 울림을 위하여
지금은 작은 소리로 울지 말자

추종

차가운 눈길을 한없이 걸어와서 뒤돌아보니,
그것은 길이 아니었다.
험난하고 가파른 산길
누군가 나의 발자국을 따라 허덕이고 있었다.

"그것은 길이 아니야, 따라 와선 안 돼."
나의 소리는 매운 눈보라에 휩쓸려 닿지 않는다.

왜 내가 나의 발자국을 지우지 않았는가.
나는 요즈음 시 쓰기가 두려워진다.

—나의 시 쓰기

아무도 봐주지 않는
심심산골
새도 짐승도 얼씬하지 않는
가파른 골짜기
나 홀로 피어 있다
나의 향기가 바람결에 실려 가도
꽃성에는 닿지 않는다
누가 보든 말든
나는 피고 지고 또 핀다

들길을 걸으면

들국화 호젓이 핀 들길을 걸으면
아른아른 떠오르는 모습이 있다
보일 듯 보일 듯 보이지 않는 모습이 있다

이 길을 자꾸만 걸어가면
들릴 듯 들릴 듯 들리지 않는
목소리가 있다
아롱아롱 눈물이 맺혀
나도 들국화처럼 호젓이
들길에 서 있다

□10행시

동행

비 오는 날은 비를 맞으며
그대와 함께 술 취해 걸었습니다
눈 오는 날은 눈을 맞으며
그대와 함께 주막을 찾았습니다

지금은 비가 와도 눈이 와도
그대를 만날 수 없습니다

비 오는 날이나
눈 오는 날이면
그대를 생각하며
나 혼자 먼 길을 걸어갑니다

박종해 시인의 삶과 시
—시인으로서의 인생 패턴 완성

문 영(시인, 평론가)

박종해 시인의 삶과 시
—시인으로서의 인생 패턴 완성

문 영(시인, 평론가)

내가 박종해 시인을 만나게 된 해는 1980년, 첫 근무 지로 울산중학교에 오게 되면서부터다. 울산중학교에 오게 된 이유는 문학 공부를 위해 다녀야 했던 대학원 공부 때문이었다. 내가 벌어서 대학원 학비를 마련하고 생활해야 하는 형편이기에 근무하라고 연락이 온 다른 여러 학교와는 달리 일주일 중 평일 금요일에 시간을 내어준 울산중학교 측의 배려(당시 정필교 교장과 남만진 교감)가 크게 작용했다. 더하여 교사보다는 문학인으로 살겠다는 당시의 내 의지와 목표가 나를 울산으로 이끌었다. 울산에서 2년 정도 머물다 떠나겠다는 내 생각은 박종해 시인을 만남으로써 평생을 살게 된 지역이 되었다. 내가 이렇게 사적인 일을 먼저 말하는 것은 세상일이 그렇듯 문학도 사람과의 만남에서 비롯된다는 점을 강조하고 싶어서이다. 누구나 다 아는 상식적이고 평범한, 이 말에는 만남에 대한 인식, 즉 만난 사람과 삶이 크게 영향을 끼친다는 사실을 말하기 위해서이다. 문학은 문학을 제대로 하는 사람을 만나야 한다. 문학을 취미나 여기로 하지 않는, 또는 허명하기 위한 하나의 수단으로 여기지 않는, 자신의 삶과 시간을 전적으로 문학에 바치는 사람이 온전한 문학인이라 한다면 박종해 시인은 이 범주에 드는 전문(프로) 문학인이다.

1

박종해 시인은 유년 시절부터 선비 집안(선친인 창릉 선생은 도산서원 원장 등을 지낸 유학자이면서 한학자이고 문학인이다)에서 배우고 체득한 문학의 씨앗은 경북고등학교와 성균관대학교를 거치면서 소설 등 산문에서 두각을 나타내기 시작했다. 그가 떠돌이 객지 생활을 끝내고 1967년 고향 울산에 돌아오면서 산문보다는 시에 매진한다. 그런데 박종해 시인에게 시와 더불어 술은 그의 벗이다. 그에게 술은 술을 먹기 위한 게 아니라 문학을 하기 위해 동반하는 벗이다. 그의 호방하고 자유로움은 술에서 비롯된 측면이 많다. 1980년부터 나는 박종해 시인과 술하게 술자리를 했고, 그때마다 그가 계산했다. 주위 친구들은 그가 몰락한 옛 부잣집 자손이라서 그렇다고 했다. 하지만 내가 본 시인의 모습은 교사의 박봉에 의지하면서도 집안 살림에 대해서는 신경 쓰지 않는 문사(文士)였다. 나는 그 당시 생활비를 벌이기 위해 전셋집에서 보잘것없는 약포를 운영하던 시인의 사모님을 기억한다. 결국 생활에 쪼들려 본가로 들어가고 말았지만. 그처럼 넉넉하지 않은 생활에서도 시인이 남에게 베푼 정과 술의 인심이라니! 다음 초기 시에는 시인의 술과 관련하여 서러움의 정서가 적실하게 나타나 있다.

너무 취해서 논두렁에 누워 있소.
반짝이는 북두칠성의 눈물 젖은 눈을 바라보고 있소.
무교동 어느 빌딩 벽에 기대어 바라보던
별보담 무척이나 많은 시골 하늘의 별이오.

(중략)

형네들은 모르리
서러움이 왜 즐거움이 되는가를
서울의 술꾼들이여

그러면 총총.

이 시에서 서러움은 생활적이기도 하지만 지방에서 알아주는 이 없이 고독하게 시를 써온 시인의 마음 상태를 뜻한다. 그런데 시인은 "서러움이 왜 즐거움이 되는가"라고 반문한다. 서러움이 즐거움으로 반전되는 힘, 즉 어렵고 고통스러운 현실을 이겨내는 꿈과 순수, 자유와 평화를 추구하는 정신. 그것은 시와 술에서 비롯되고 힘을 얻는다고 시인은 말한다.

1980년 박종해 시인이 김종길(시인)과 유종호(평론가) 선생의 추천으로 『세계의 문학』으로 등단한다. 38세 늦은 나이였다. 이를 두고 모 평론가는 이렇게 좋은 작품을 쓰는 시인이 지방에 묻혀있었다는 사실에 놀랐고, 이렇게 좋은 작품을 쓰는 시인이 늦게 등단하고 알려진 것에 두 번 놀랐다고 평했다. 여기에 더해 내가 놀란 것은 박종해 시인이 그때까지 한국의 대표 문학지는 『현대문학』 『심상』 『시문학』 정도로 알았고 자신이 등단하는 『세계의 문학』에 대해서 모르는 상태였다는 것이다. 그래서 내가 정기구독하던 『세계의 문학』을 보여주었다. 이것은 열악한 지역 문학의 생태계를 보여주는 사레이지만, 다른 한편으로는 좋은 시인은 어떤 환경에서도 스스로 빛나는 작품을 써가고 눈 밝은 이들에 의해 발굴된다는 것을 말해주는 예이기도 하다. 에즈라 파운드에 의해 황무지를 쓴 엘리엇이 드러나듯이 박종해 시인은 변방 지역인 울산에서 당대 일급의 평론가인 유종호 선생과 대가 시인 김종길 선생에 의해 발굴되어 시인의 진가를 발휘한다.

박종해 시인의 시 「산정에서」를 두고 유종호 선생은 "착한 삶과 깨끗한 삶을 추구하는 시인이 이러한 지사적 풍모를 띠게 되는 것은 어쩌면 필연적이기도 하다."(첫 시집 『산정에서』 서문)라는 해설에다, "이것은 손재주로 씌어진 시가 아니다. 일상 언어로부터의 조직적인 탈선이란, 조작으로 쉽게 찍어낼 수 있는 시도 아니다. 경험의 강도가 스스로 말씨를 당겨 이룩해 낸 어떤 지고 한순간의 폭발적 결빙이라고 말하고 싶어진다.(『이 강산 녹음 방초』 해설)"라고 상찬의 평을 더한다. 이후 「산정에서」에서는 한국 시사에서 선비시의 대표적인 작품으로 정립되었다.

너희를 위하여 무엇을 할 수 있겠느냐
어떻게 너희들을 위해 돌아갈 수 있겠느냐.

아는 것도 힘도 없이 참으로 막막하구나.

호주머니 속엔 몇 개의

동전만 딸랑거릴 뿐.

굴뚝마다 연기는 피어오르고

고달픈 허리띠처럼 기차가 산모롱이를 돌아간다.

평화와 자유 그를 위해 한 방울의 피도 흘린 바 없이

내 너희를 위해 무엇을 할 수 있겠느냐.

어떻게 너희들 속으로 돌아갈 수 있겠느냐.

―「산정에서」 전문

「산정에서」처럼 높은 격조를 지향하는 시로서 「무주공산」이 있다. 「무주공산」을 두고 김종길 선생은 "시는 삶 그 자체는 아니기 때문에, 삶에서 일탈하는 듯한 순간에 더욱 높은 경지를 이룩하는 경우가 있다. 시집에서는 지난여름 작고한 이성선 시인을 생각하는 「무주공산」이 그러한 경우다. 설악산을 노래하다가 간 시인을 생각하는 시로서는 절창이라 할 만한 작품이다.(『하늘의 다리』 서평)"라는 찬평을 내렸다.

주인 없는 설악산은

한 줌 돌무더기.

물 아래 스님 그림자 사라지고

푸른 산도 걸어오다가

발걸음을 멈춘다.

주인이 하늘 길을 고치고 오는 동안

물 소리 새 소리도 숨을 죽이고

하늘에 이은

동아밧줄이

잠시 지상에서 흔들린다.
—「무주공산」 전문

　'높고 깨끗함'을 추구하는 선비시가 박종해 시인의 주류이지만, 또 다른 갈래의 시 '작고 약한 것'을 지향하는 시들이 초기 시에서부터 한 갈래를 형성하고 있었다.

벙거지를 쓰고
판돌이가 맷돌에 누워 있다.

판돌이는 판돌이
덕석말음에 터진 볼기짝을 흔들며
춤추는 판돌이

과수원 울타리에
탱자가 열렸다.
무찔린 자의 아픔이
안으로만 맺혀
노오랗게 물든
탱자가 열렸다.

—「탱자」 전문

「탱자」에서 판돌이라는 낮은 신분의 사람에 비유된 탱자는 인간의 내재적 아픔을 발견한 수작이다. 박종해 시인의 후기 시에는 작고 약한 것에 대한 탐구가 구체적으로 드러난다. 시집 『사탕비누방울』에 실린 시편들이 그렇다.

여름은 뜨거운 입김을 내 뿜으며 돌진해왔다.

집채만 한 핵탄두를 싣고 산지사방 욱박질렀다.

모두들 입을 다물고 검은 그늘 속으로 몸을 숨겼다.

침묵의 세월이 천년이나 갈듯하더니

그러나 하룻밤 사이에

그들은 자취 없이 사라졌다.

이제 막강한 것들이 가을 바람에 실려

여기저기 안개처럼 스며들었다.

풀벌레들은 아주 작은 목소리로 그러나 온몸으로

그들의 입성을 알리는 음표를 또박또박 새겨 넣는다.

세상의 정원에는 아주 작고 연약한 풀벌레 소리로 가득하다.

그들의 미세한 몸이 풀숲을 혼근히 적신다.

귀뚜라미는 이 사연을 산지사방 이메일로 띄운다.
―「작고 약한 것을 위하여」 전문

박종해 시의 흐름을 말할 때 두 가지 갈래의 시만 있
는 것은 아니다. 그의 시집을 읽어 본 사람은 변방과 향
토적인 시, 순수 서정의 시, 사회 비판적인 시, 사물의

이면에 깃든 비의를 탐구한 시 그리고 무엇보다도 삶과 사람을 열애한 시 등 다양한 갈래의 시를 접하게 된다. 다양성을 드러내는 대표 작품으로 시집『우리 울산에서』에 실린 향토애의 시편,『고로쇠나무 아래에서』『하늘의 다리』『개불』『소리의 그물』등의 시집에서 숱하게 발견된다. 특히 시인이 자선한「멸치 인생」「이슬의 생애」「수묵화 속에 들어앉아」「빈병」등에서도 확인할 수 있다(《월간문학》613호(2020년 3월호) 참조).

아내는 멸치를 다듬는다.
머리통을 떼고, 내장을 밝아내고
꼬리를 잘라내어 매끈하게 다듬는다.

넓고 푸른 바다에서 마음껏 헤엄치고 놀던
요 조그마한 것들이
이제 박제된 몸으로 광주리 안에 담겨있다.

푸른 물결의 집에서
무수히 떼를 지어 버들잎처럼 물사래치던
아침이슬 같은 하잘것없는 것들.

벗어날 수 없는 그물 속에서

은비늘을 반짝이며

온몸으로 길길이 뛰던 풀꽃 같은 생명들.

나는 한 웅큼 고것들을 손아귀에 쥐고

한 마리씩 고추장에 찍어 먹는다.

한 줌 바다가 배속으로 들어온다.

나는 팔다리를 유연하게 흔들며

한 마리 작은 멸치처럼

세상 바다를 헤엄쳐 나간다.

언젠가는 멸치같이 끝내고 말 운명을

신의 손에 맡긴 채

—「멸치 인생」 전문

나는 온몸으로 세상을 본다.

몸 전체가 하나의 눈이기 때문이다

만물이 모두 잠든 밤에도

나는 눈을 뜨고 어둠 속에서 세상을 본다.

이렇게 작은 풀잎 위에 집을 짓고

하룻밤을 천년 세월처럼 지내다가

신의 말씀으로 빚은 해오름이 되면

나는 미련 없이 이곳을 떠나야 한다.

이승과 저승의 거리가 겨우 한 뼘밖에 되지 않는다는 것을

풀잎의 집에서 깨닫는 것은 어렵지 않다.

이렇게 간단한 삶의 한때를

천 년을 살다 갈 듯이 서로 상처 주며

고통과 고뇌를 내 몸속에 새기며 살아오다니.

―「이슬의 생애」 전문

강은 강끼리 어울려 웅얼웅얼 이야기하며

질펀하게 흘러가는데

소나무, 소나무는 저희들끼리 손을 잡고

무덤덤하게 서 있다.

새는 새끼리 허공에 길을 내며 날아오르고

나는 나 혼자 강 언덕에 앉아 있다.

붓 한 자루 들고

재 넘어가는 구름을 붙들어 놓고

바다로 흘러가는 강물도 붙들어 놓고

나는 고요의 그물을 둘러친다

조바심 내지 않고 넉넉하게

시간의 뒷덜미를 잡아서 소나무 가지에 묶어 둔다

모든 갈등이 고요 속에 빨려들어

소나무 널따란 오지랖이 느긋해진다.

—「수묵화 속에 들어앉아」 전문

나는 쓰러지고 나서야

비로소

바람의 노래를 부른다

다시는 일어설 수 없을 때

일어서서 오만했던 자신을 돌아본다

용서해 다오, 그러나 내 주위엔 아무도 없다

다시는 차오를 수 없는 빈 몸의 흐느낌

그것이 바람의 노래다

쓰러지고 나서야 비로소

나는 바람의 노래를 부른다.

—「빈병」 전문

2

　시인도 현실의 삶을 도외시할 수 없다. 그러나 박종해 시인은 현실의 삶을 도외시할수록 순수한 시인이 된다고 규정한다. 삶에 매몰되면 시인은 사이비가 되고 속물이 된다. 시인은 스님처럼 탈속해야 하며 현실의 삶에서 일탈할 때, 비로소 자유의 영혼이 되며 자유가 시의 에스프리가 된다. 삶에 세속의 때가 끼고 정신과 육체의 갈등 속에서 방황하다 시인의 인생은 세파에 떠밀려 어느새 멀리 와 버렸고, 허무의 지평선에 홀로 서 있음을 깨닫는다. 허무의 극복은 결국 모든 욕망을 내려놓은 일임을 시인은 자각한다. 때로는 알량한 시를 쓰는 자괴감에 빠지기도 한다. 하지만 시를 쓰는 그 시간만은 세속에서 일탈하여 자유와 순수 의지 속에서 잠시나마 자신을 구원받는 길이 아니겠는가. 인간은 순수와 비순수, 자유와 속박의 굴레 속에서 헤매다가 흙이 되거나 바람이 되어 날아간다. 이런 속에서 속물이 되지 않으려고 자유를 추구했던 박종해 시인의 시집이 바로 『내려놓으면 편할 텐데』이다. 『내려놓으면 편할 텐데』는 박종해 시인의 인생 결산이다. 잔액은 무다. 그는 순수와 자유를 추구했던 마지막 로맨티시스트 시인이고, 허무를 인정하면서 허무를 극복하고자 한 격조 높은 시인이다. 그는 삶을 열애했지만 이제 욕망과 허무를 털어버리고 지평선에 홀로 선 단독자라고 고백한다.

바람 부는 강 언덕에 앉아

발아래 흘러가는 강물을 바라보네.

쓸데없이 말을 수없이 지껄여 온 나의 입가에

볼 것 못 볼 것 다 보아 온 나의 눈자위에

들을 것 듣지 않아도 될 것 다 들어 온 나의 귓가에

맑고 푸른 강물을 스쳐 온 맑은 바람이

나의 이목구비를 씻어 주네.

아무것도 아닌 정말 아무것도 아닌 일에 분노하고

아무것도 아닌 정말 아무것도 아닌 일에

상처받으며 지나온 세월이

맑고 푸른 강물에 휘살 지으며 흘러가네.

가서는 돌아오지 않는 강물

가서는 돌아오지 않는 세월

바람 부는 강언덕에 앉아

언젠가 한 번은 바람에 씻겨 갈

육신이 앉아 있네.

흘러가는 강물을 보면서 화자(시인)는 쓸데없는 말과 아무것도 아닌 일에 상처받으며 지나온 세월과 삶을 후회하고 성찰한다. 가서는 돌아오지 않는 강물과 세월처럼 육신(인간)도 바람에 씻겨간다는 허무감이 짙게 배어 있다. 죽음을 소재로 한 「가는 길」도 삶의 무상함을 드러낸다.

흩날려 간다 소리 소문도 없이

만장을 펄럭이며 요발을 울리며

너가 살던 마을을 벗어나

노상 술 취해 다니던 신작로 가의 주막을 지나

땀 흘리며 허리 굽혀 일하던 논밭을 지나

손과 발을 씻던 개울을 지나

영혼은 구만리 새처럼 날아가고

빈 허물만 꽃상여에 싣고

우리는 노래를 부르며 간다

어디, 골짜기를 타고, 빈 산으로

돌 하나 던져 놓듯 너를 묻고 돌아선다

어디로 가는가 흰 구름

우리는 술에 취해 허공중에 너를 부른다

잠시 스쳐 가는 바람

수평선 멀리서 달려왔다가 사라지는 물보라.

─「가는 길」 전문

덧없음과 허무는 생활과 사물, 언어 등 여러 곳에 내재해 있다. 시인은 그것을 발견하고 예민하게 감응한다.

어느 날 불현듯 돌아보니

나의 술친구들 간 곳 없네.

술 마시며 정담을 나누던 친구들

하나둘 떠나버리고

남아있는 친구들도 술 끊으니

만나본들 재미없네.

나 혼자 목노집에서 쓸쓸히 마시는 술

술잔 속에 친구들 얼굴 하나둘 어른거려

고개 들어 푸른 하늘 바라보네.

적막강산 단풍 드는가 했더니

어느새 낙엽 되어 흩날리네.

혼자 마시는 술잔 속에는

흰 머리칼 주름진 얼굴만 남아있네.

눈 내리는 삭막한 먼 길을 표표히 흩날려갈

낙엽 같은 육신이 술잔 속에 남아있네.

─「독작」 전문

나와 함께 있어 줄 것이라 믿었던 그가

어느새 서산마루에 얼굴만 내민 채

나를 돌아본다.

길을 가다가 문득 그를 바라보았다

잘 가라고 손을 흔들었다

그러자 그는 숨을 모으고

미련 없이 서산 너머로 순식간에 사라졌다.

그가 남긴 저 찬연한 생과 멸의 언어

나더러 곰곰이 생각해 보라고

가슴 저리게 뿌려 놓은 진홍의 몸짓

살아생전 마음속 깊은 얘기를 다 못하고

후회의 사연들을 모아 분홍의 실오리로 짜 내린

169

선연한 핏빛 울음들이 올올이 맺혀 있다.

다시는 돌이킬 수 없는 발자욱이
점점이 찍혀 있다.
—「일몰의 언어」 전문

허무는 소멸에 기인한다. 삶의 소멸을 한바탕 쏟아졌다가 가버리는 소나기와 순식간에 사라지는 아이스크림에 비유한 「소멸」도 그 같은 예이다.

욕망은 끝없는 탐욕과 소유하고자 하는 욕심에 기인한다. 그런데 박종해 시인은 소멸이 허무하고, 욕망의 끝이 허무라는 사실을 자각하고 스스로 내려놓을 때, 즉 삶이 허무하다는 것을 인정할 때, 우리는 허무를 극복할 수 있다는 예지와 통찰을 다음 시에서 보여준다.

새는 오선지 위에 음표처럼
나뭇가지 위에 앉아
꽁지를 간들거리고 있다.

오선지가 팽팽히 조여들어
퉁기면 날아갈 듯

긴장하고 있다.

어쩌면 하느님의 지시를

기다리고 있는지도 모른다.

그 조그마한 눈을 호동그레 뜨고

여차하면 해코지할지도 모를

음험한 짐승인 나를 경계하고 있다.

새는 눈곱만한 벌레나 씨앗을 먹고 산다.

욕심이 적어서 눈이 맑고 밝다.

그래서 아주 멀리까지 볼 수 있는가 보다.

내가 손을 흔들자

휑하니 푸른 하늘 저쪽으로 날아가 버린다.

가진 것이 없으니까 가볍게 날 수가 있는가 보다.

새가 날아간 자리에는 아무것도 없다.

무소유이니까 남은 것이 없다.

　　　　　　　—「새가 날아간 자리에는」 전문

"욕심이 적어 눈이 맑고 밝아 멀리 볼 수 있는", "가진 것이 없으니 가볍게 날 수 있는" 새는 욕망을 벗어난 존재이다. 새가 날아간 자리는 '무소유'라 말하는 언술에서 시인의 혜안이 빛난다. 왜냐하면, 무소유는 모든 욕망과 소유를 내려놓은 상태로 허무가 없다는 사유를 드러내기 때문이다.

나의 친구들은 잠이 안 온다고 커피를 마시지 않는다
밤에 잠을 못 잔다고 하소연한다

잠이 안 오는 것이 무슨 걱정인가
안 자면 되는 거지
죽으면 원도 한도 없이 잘 텐데

삶은 한동안의 깨어 있음이요
죽음은 영원한 잠이 아닌가

구십 평생 산다고 해도 실은 육십 년 밖에 못 살지
삼분지 일은 잠자는 세월, 잠은 죽음의 연습이니까

나는 커피를 마시며

삼라만상이 죽음에 들어갈 때 홀로 깨어나

우주의 숨소리를 듣는다

풀벌레 소리 하나까지도 귀 기울여 듣고

별 하나까지도 눈여겨본다

　　　　　　—「커피를 마시며」 전문

시인은 커피를 마시고 잠 못 이룬다는 친구를 향해 잠이 죽음이고, "죽음이 영원한 잠"이라고 말한다. 오히려 삶은 깨어 있는 것이며, 깨어 있어야 우주의 숨소리를 듣는다고 역설한다. 잠이 휴식이 아닌 나태와 죽음, 허무를 뜻한다면 진정한 삶은 잠보다는 깨어 있는 정신과 자세에서 비롯된다는 통찰을 담고 있다.

박종해 시인이 자신을 '하나의 점 하나'에 지나지 않은 존재이면서, '산다는 것은 깨달음에 이르는 길이다'라는 언술의 중심에는 「방하착」이 있다.

(장님이 언덕길을 올라가다가 발을 헛디뎌 길 아래로 떨어졌어요

길 아래에는 평탄한 넓은 길이 있었는데

다행히도 장님은 길가 가로수의 나뭇가지를

두 손으로 움켜잡고 대롱대롱 매달리게 되었어요

그는 죽을힘을 다해 나뭇가지를 붙들고

"사람 살리라"고 고함을 지르고 있었어요

지나가는 사람이 보니까, 장님의 발바닥과 땅바닥의 거리는

겨우 한 자도 채 되지 않았어요

붙들었던 나뭇가지를 놓아버리면 금방 땅에 내려 무사할 텐데

길 가던 사람들은 이구동성으로

"붙들고 있는 나뭇가지에 두 손을 내려놓으면 살 텐데요.")

양산통도사 방장스님 기거하시는 집 뜰에는

큰 바윗돌에 〈방하착〉이란 글이 새겨져 있습니다

모든 욕심을 내려놓으면 마음이 평온하리라

득도하신 도사가 우람한 목소리로 욕심에 눈이 먼

나를 깨우쳐 주고 있었지요

〈모든 욕심을 내려놓으면 마음이 편할 텐데〉

오욕칠정에 눈이 멀어 마음이 괴로운 수렁에 빠져 허우적거릴 때

나는 욕심의 나무를 붙들고 괴로워하는 그 장님을 생각하고

〈방하착〉 세 글자를 염불처럼 되뇌곤 합니다

—「방하착」 전문

　「방하착」은 2연으로 1연은 방하착의 유래로 서사적이고, 2연은 방하착의 의미로 짜인 단순 구조이다. 시적 표현보다는 교시적이기에 깨달음의 사유가 중심이다. 시인이 「방하착」을 통해 말하고자 하는 바는 명확하다.

욕심을 비워라. 그래야 인간의 욕망과 삶의 허무에서
벗어날 수 있다.

3

박종해 시인 자신은『내려놓으면 편할 텐데』시집이
그의 인생 결산이라고 했다.「팽이의 생애」는 그런 사정
의 근간을 잘 보여주는 시다.

실패는 마지막 내 생의 보루였다.

더 잃을 것도 없기 때문이다.

무너지는 것은 아름다운 것이다.

더 넘어질 것도 없기 때문이다.

좌절하고 또 좌절하고

밤잠을 설치면서 괴로워하고

무너져서 주저앉아 일어서려고 안간힘 쓰는 것이다.

그 쓰라린 비애를 맛본 사람만이

아름다운 생의 쾌감을 아는 것이다.

넘어지면 다시 바로 세워 채찍질하고

또 넘어지면 다시 바로 세워 채찍으로 내려치고

이렇게 완성되는 한 생애

이제는 더 넘어질 것도 더 잃어버릴 것도 없는

나의 등 뒤에는 푸른 강물만 세월처럼 흘러갈 뿐

나는 지금 미완의 길에 서 있다.

꼿꼿하게 서 있는 법을 깨닫고 있다.

누구의 채찍도 바라지 않고

그냥 꼿꼿이 서 있는 법을 깨닫고 있다.

—「팽이의 생애」 전문

시인은 이 시에서 팽이를 통해 실패와 좌절을 겪고 비애를 맛보며 다시 자신을 채찍질하는 생을 완성되는 생애라고 말한다. 그런데 시인 자신은 "지금도 미완의 길"에 서 있으며 '꼿꼿이 서 있는 법'을 깨닫고 있다고 말한다. 왜 그럴까. 우리는 '미완의 길'이란 구절에 앞서 나온 "이제는 더 넘어질 것도 더 잃어버릴 것도 없는/ 나의 등 뒤에는 푸른 강물만 세월처럼 흘러갈 뿐" 구절에 유의할 필요가 있다. 이 구절은 욕심을 방하착(버린다, 내려놓는다는 뜻)한 사람, 인생의 노년에 든 사람이 느끼는 정서다. 이 같은 맥락에서 아름답게 '늙어가는 법'을 배운다는 「노년의 시법」도 노년의 삶과 정서를 진솔, 담박하게 드러내고 있다.

어느새 나도 저물어서

백발의 머리칼을 쓰다듬으며

염색이라도 하면 젊어질까

길을 나서는데

"원 세상에"

벚나무들은 일제히 은발을 휘날리며

나에게로 무리 지어 걸어오지 않는가

은발이 이렇게 아름다운 줄

내가 저물어서 알게 될 줄이야

젊을 때는 보이지 않던

저 백발의 나무들

아름답게 늙어가는 법을

저 나무들에게 새삼 배우게 되는구나

—「노년의 시법」 전문

영국 소설가 서머싯 몸의 산문집『서밍 업』중 〈인생에 대해〉라는 글은 인생의 노년을 적극적으로 옹호, 찬양하고 있다. 서머싯 몸은 "노년에는 시간이 많아서 청년 시절에 시간이 너무 많이 걸린다고 회피했던 일을 착수할 수 있다. 노년에는 안목이 좋아져서 청년 시절에 판단력을 흐리게 했던 개인적 편견 없이 예술과 문

학을 감상할 수 있다. 노년에는 스스로 성취하는 만족
이 있다. 노년에는 인간의 이기심이라는 구속에서 해방
된다. 마침내 해방되어 영혼은 지나가는 순간을 기쁘게
생각하며 그것이 영원히 머물기를 바라지 않는다. 노년
은 인생의 패턴을 완성한다.”라고 말한다. 여기서 서머
싯 몸이 특히 강조하는 것은 온전한 인생이 되려면, 노
년까지 살아봐야 한다는 말이다. 시인에 비유하여 말한
다면 요절한 김소월이나 이상, 젊은 나이에 옥사한 윤
동주 같은 시인은 인생의 패턴을 완성하지 못했다. 따
라서 노년에 겪는 외로움과 허무, 비애 등의 정서 등을
알지 못하기에 시인으로서의 인생 패턴도 완성하지 못
했다고 말할 수 있다.

　서머싯 몸의 관점에서 보면 박종해 시인은 노년의 삶
을 살아내면서, 노년에 겪는 온갖 풍파와 정서를 시로
써 왔다. 박종해 시인은 인생의 패턴을 완성했고 평생
을 시에 매진하여 노년에 이르기까지 지속했다. 시인으
로서의 인생 패턴도 완성한 것이다. 이처럼『내려놓으
면 편할 텐데』는 시인이 인생 패턴의 완성을 위해 바친
노고의 결과물이다.『내려놓으면 편할 텐데』는 시인 노
년의 삶과 사유가 깃들어 있는, 아름답게 늙어가는 시
법이 담긴 시집이다. 다시 한번 박종해 시인의 시인으

로서의 인생 패턴 완성과 시집 발간을 상찬하면서 글을 맺는다.

내려놓으면 편할 텐데
박종해 시집

발행일
초판 1쇄   2026년 2월 6일

지은이   ● 박종해
펴낸이   ● 김종해
펴낸곳   ● 문학세계사
출판등록   ● 1979. 5. 16. 제21-108호

주소   ● 서울시 마포구 신수로 59-1(04087)
대표전화   ● 02-702-1800
팩스   ● 02-702-0084
이메일   ● munse_books@naver.com
홈페이지   ● www.msp21.co.kr

ISBN 979-11-93001-90-5   (03810)
ⓒ 박종해, 문학세계사